A mi sobrino Miguel
Ana Galán

Para Jesi y Agos
Pablo Pino

Lo que pasó hasta ahora...

En el pueblo de Samaradó están ocurriendo cosas muy extrañas. El dragón de Cale, Mondragó, se llevó un libro del castillo del alcalde Wickenburg. Era un libro muy especial, llamado Rídel, que podía hablar. Rídel les contó a Cale, Mayo, Casi y Arco que debían ir al Bosque de la Niebla porque un verdugo encapuchado estaba talando los árboles parlantes.

Cuando los cuatro amigos fueron al Bosque de la Niebla, vieron que, efectivamente, casi todos los árboles habían desaparecido y conocieron al Roble Robledo, un viejo árbol que les encomendó una misión: debían buscar seis semillas para plantarlas en el bosque en una noche de plenilunio y así recuperar los árboles parlantes.

Gracias a las pistas que les iba dando Rídel, encontraron la primera semilla en la secuoya, el árbol más alto de Samaradó, situado en la cima de la peligrosa Colina de los Lobos, donde Mondragó estuvo a punto de terminar malherido cuando lo asaltó una jauría de lobos rabiosos.

La segunda semilla estaba en el laberinto del baobab, un entramado de túneles subterráneos que transporta el agua almacenada en el árbol para regar las cosechas. Dentro del laberinto, a Cale, Mayo y Arco les atacaron unas ratas rabiosas y tuvieron que enfrentarse cara a cara con Murda, el hijo del alcalde y su peor enemigo. Afortunadamente lograron salir sanos y salvos y finalizar su misión.

Cuando se disponían a recuperar la tercera semilla, Cale descubrió que el malvado de Murda y su primo Nidea habían raptado a Mondragó. Para recuperarlo, Arco tuvo que ponerse la armadura y enfrentarse al diabólico Nidea en una justa. La pelea fue intensa, pero Arco salió triunfante. Una vez a salvo, fueron a la cabaña de Curiel donde los perversos primos habían escondido a Mondragó. Muy cerca de allí, en el Lago Rojo, descubrieron que la siguiente semilla estaba en el banyán. El árbol estaba protegido por cientos de pirañas hambrientas y Mayo tuvo que armarse de gran valor para meterse en un improvisado barco y recuperarla.

Ya tienen tres, pero su misión todavía no ha finalizado. Aún deben recuperar tres más y resolver muchos misterios.

¿Dónde estará la cuarta semilla?

¿A qué nuevos retos tendrán que enfrentarse esta vez?

¿Quién es el verdugo, y por qué el viejo Curiel, el curandero del pueblo, está encerrado en las mazmorras del castillo de Wickenburg acusado de talar los árboles?

Descubre eso y mucho más en esta nueva aventura de Mondragó.

CAPÍTULO 1

Un extraño mensaje

Cale había decidido pasar la noche en las dragoneras con Mondragó. Sus padres le habían prohibido meter a su dragón en el castillo porque se hacía pis, comía todo lo que encontraba y rompía las cosas con su inmensa cola, y le dijeron que, hasta que no estuviera bien entrenado, no podía volver a entrar. Pero Cale no quería dejarlo solo. No, después de lo que había sucedido el día anterior con Murda y su primo

Nidea. No quería arriesgarse a que los diabólicos chicos volvieran a raptarlo o a hacerle daño. La solución de dormir en las dragoneras le había parecido perfecta; sin embargo, no consiguió pegar ojo en toda la noche. Mondragó roncaba como un oso y no paraba de dar vueltas en su establo, y además, la paja se le clavaba en la piel y le picaba todo el cuerpo.

En los establos de al lado dormían plácidamente los dragones de sus padres, Kudo y Karma. A ellos no parecían molestarles los ronquidos.

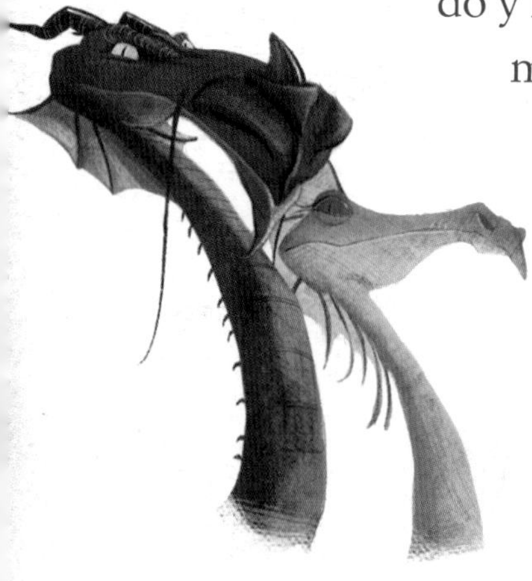

Mondragó se dio media vuelta y dejó caer una de sus grandes patazas encima de la cara de Cale.

—Qué pesado —protestó Cale intentando apartarla. Se sentó y apoyó la espalda en las maderas del establo.

Por la pequeña ventana se asomaba el primer rayo de sol. Ya estaba amaneciendo y un pájaro carpintero empezó a dar golpecitos con su pico en las paredes de las dragoneras.

TOCO TOC

TOCO TOC

—Lo que me faltaba —dijo Cale tapándose los oídos con las manos. Estaba agotado. Bostezó e intentó acomodarse una vez más sobre la paja, pero al moverse oyó el crujido de un papel en su bolsillo.

¿Cómo se le había podido olvidar? El día anterior, cuando fue a la cabaña de Curiel a buscar a Mondragó, Cale había recogido un trozo de pergamino del suelo con unos símbolos extraños. En la parte de arriba ponía

ANOMRAC ELAC, y debajo, en las dos caras del papel, había unas rayas que parecían no tener mucho sentido. Parecía un mensaje en clave.

Se metió la mano en el bolsillo y sacó el papel arrugado y viejo.

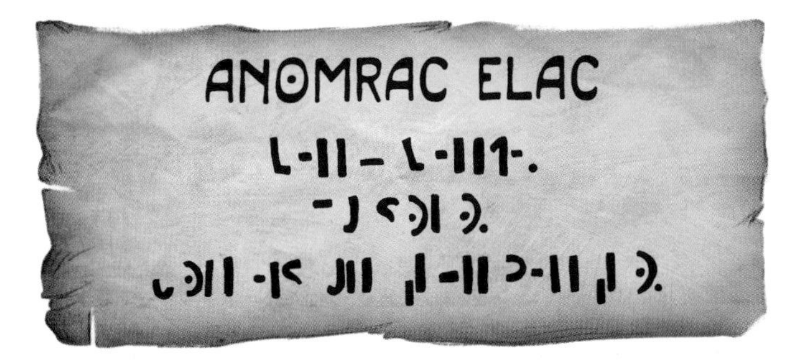

—ANOMRAC ELAC —leyó en voz alta—. ¿Qué querrá decir eso?

Lo repitió un par de veces y, de pronto, lo entendió.

¡Era su nombre al revés! ANOMRAC ELAC: CALE CARMONA.

¡Estaba dirigido a él!

¡El curandero Curiel le había escrito un mensaje!

«Qué raro», pensó Cale. «¿Cuándo lo habrá escrito? ¿Y cómo pensaba dármelo?».

Curiel era un anciano mudo y solitario que vivía en medio del bosque y se dedicaba a hacer pócimas y ungüentos curativos, pero en esos momentos se encontraba encerrado en las mazmorras de Wickenburg. El alcalde lo había acusado de ser el verdugo que se dedicaba a talar los árboles del Bosque de la Niebla. Todos en el pueblo pensaban que se lo tenía merecido; sin embargo, Cale estaba convencido de que él no era el culpable. Curiel nunca destrozaría el lugar de donde sacaba sus raíces y hierbas medicinales. Además, ni siquiera tenía un dragón, y cuando Cale y sus amigos estuvieron en el Bosque de la Niebla y hablaron con el Roble Robledo, vieron al verdugo con su inmenso y feroz dragón. Por suerte, el verdugo no les había visto a ellos. ¿O sí?

¿Estaría Curiel intentando avisarle de algo?

¿Les habría visto cuando fueron al bosque y quería tenderle una trampa?

Cale examinó las rayas y símbolos garabateados en el papel.

A lo mejor su amigo Casi podía ayudarlo a descifrarlos. A él se le daban mucho mejor este tipo de jeroglíficos, pero era demasiado temprano. A esas horas no había nadie despierto, ni siquiera sus padres.

Levantó el papel hacia la ventana para verlo mejor y, de pronto, se quedó sin respiración.

El mensaje se leía perfectamente cuando ponía el papel a contraluz. Las rayas de la parte de atrás completaban las de la parte de delante formando tres frases. Tres simples frases que le dejaron la sangre helada.

VEN A VERME.
TÚ SOLO.
CORRÉIS UN GRAN PELIGRO.

A Cale le recorrió un escalofrío por la espalda. El papel temblaba en sus manos. ¡Curiel quería encontrarse con él a solas!

¿Qué debía hacer?

La idea de entrar en las mazmorras del castillo de Wickenburg le aterrorizaba. Si el alcalde, su hijo Murda o, lo que era peor, sus dragones asesinos le pillaban, quién sabe de qué serían capaces. No eran dragones como los demás. Estos podían cambiar de forma y comían animales vivos y seguramente también personas.

Pero Curiel decía que corrían un gran peligro, y si él podía hacer algo para proteger a sus amigos, debía hacerlo.

«Tengo que ir», decidió armándose de valor. «Con un poco de suerte, si voy ahora mismo, consigo ver qué quiere antes de que todos se despierten. Pero debo tomar precauciones. Será mejor que envíe una paloma mensajera a Casi para decirle dónde estoy. Por si acaso no vuelvo nunca...».

Se levantó con mucho cuidado para no despertar a los dragones y salió de las dragoneras sigilosamente. Después abrió las grandes puertas de su castillo y subió de puntillas hasta su habitación. Su paloma dormía en la jaula con la cabeza escondida debajo de un ala. Al oírle entrar se despertó.

—*Shhh* —dijo Cale llevándose un dedo a la boca—. No hagas ruido.

Cale se acercó a su escritorio, mojó una pluma en el tintero y escribió un mensaje:

Enrolló el pequeño trozo de pergamino, lo metió en la funda de cuero que tenía la paloma en la pata y sujetó al animal con ambas manos delante de la ventana.

—Al castillo de Casi —ordenó.

La paloma salió volando inmediatamente.

Cale buscó por su habitación algo que pudiera ayudarlo. En su bolsa metió a Rídel, el libro parlante, unos trozos de pergamino y una pluma. Curiel era mudo pero podría escribir mensajes para comunicarse con él.

Le hubiera gustado llevar la lanza de su armadura, pero su amigo Arco la había dejado en muy mal estado después de la justa con Nidea, y Casi se la había llevado a su castillo para arreglarla. No encontró nada más que le pareciera útil. Pasó por la cocina, cogió un trozo de pan y unas manzanas que había en una cesta y salió del castillo.

—Bueno, allá vamos —dijo.

De camino a las dragoneras vio la cuerda con la ropa tendida que colgaba entre dos árboles y se le ocurrió una idea.

«Esto podría funcionar», pensó.

Descolgó algunas de las prendas que había colgadas y las metió en su bolsa. Después fue a recoger a Mondragó, que seguía roncando en la paja.

—Vamos, despierta —le dijo zarandeándolo—. Tenemos que salir inmediatamente.

Mondragó abrió un ojo y lo miró. Después se estiró y se puso de pie perezosamente. Cale le dio un cubo con comida y mientras el dragón desayunaba, le ató las cinchas del mondramóvil a su lomo. Cuando terminó, ambos salieron de las dragoneras para meterse por el camino de tierra que cruzaba el puente de su castillo.

Era el comienzo de una nueva aventura.

CAPÍTULO 2

El castillo de Wickenburg

El sol se asomaba en el horizonte mientras Cale y Mondragó atravesaban colinas y campos de cultivo en dirección al castillo de Wickenburg. Tal y como se había imaginado, a esas horas no había nadie por el camino ni sobrevolando el cielo. Debía darse mucha prisa antes de que los ciudadanos de Samaradó se despertaran y salieran al campo a trabajar.

Agitó las riendas con fuerza para que Mondragó aligerara el paso.

—Venga, Mondragó, más rápido —apremió Cale.

Mondragó trotaba alegremente. De vez en cuando se distraía con algún conejo que pasaba cerca e intentaba perseguirlo, pero Cale mantenía tensas las riendas para que su travieso dragón no se descontrolara.

Mientras avanzaban, Cale empezó a hacerse miles de preguntas.

¿Qué querría contarle Curiel?

¿Sabría que estaban buscando las semillas para que volvieran a crecer los árboles parlantes?

Solo había una manera de averiguarlo.

Estaba tan metido en sus elucubraciones que apenas se dio cuenta de que casi habían llegado al castillo de Wickenburg. En la distancia vio la imponente muralla que impedía la entrada a la fortaleza. Tiró de las riendas para que Mondragó se detuviera y se quedó mirando las grandes piedras grises. Recordó el día que Mondragó se coló en el castillo del alcalde y sus dragones asesinos casi se lo comen. No le atraía nada la idea de volver a encontrárselos cara a cara. Tenía que tener mucho cuidado. Pero ¿cómo iba a conseguir entrar a las mazmorras sin que lo vieran? Con Mondragó era imposible pasar desapercibido.

«¿Y ahora qué?», se preguntó Cale mientras dirigía el mondramóvil hacia unos espesos matorrales para esconderse mientras pensaba en un plan.

En ese momento, Mondragó empezó a moverse inquieto y a mirar hacia arriba.

—¿Qué ocurre? —preguntó Cale. Él también miró y vio que por el cielo se acercaba un dragón volando. Era un animal verde cargado de cosas. Lo reconoció inmediatamente: Chico, el dragón de Casi, con su amigo montado encima. Hacían un vuelo rasante y parecía que estaban buscando algo.

Cale salió a un claro y llamó a su amigo con la mano.

—¡Casi, aquí! —dijo intentando no levantar mucho la voz.

Su amigo lo vio. Dirigió a su dragón hacia donde estaba Cale y lo hizo aterrizar en el claro.

Se notaba que Casi acababa de salir de la cama. Llevaba el pelo alborotado y todavía tenía el pijama puesto. En cuanto su dragón toco el suelo, se bajó de la montura y se acercó a Cale.

—¿Es que te has vuelto loco? —preguntó mostrándole la paloma y el mensaje que había recibido—. ¿Qué es eso de que vas a ir a las mazmorras? Si te pillan Murda y Nidea, nunca saldrás de allí con vida.

Cale dudó durante un momento antes de contestar. El mensaje de Curiel estaba claro, quería que fuera él solo y no debía poner a su amigo en peligro. Pero no podía ocultárselo, y por otro lado se alegraba de que estuviera allí. Casi podría ayudar.

—Ven, aquí no podemos hablar —dijo llevando a Casi y a Chico a los matorrales donde estaba esperando Mondragó. Buscó en su bolsillo y le pasó el pergamino con el mensaje de Curiel—. Mira lo que he encontrado. Si lo pones al trasluz podrás leerlo. Tengo que descubrir qué está pasando.

Casi lo cogió, lo levantó y lo leyó con los ojos muy abiertos. Cuando terminó, observó las murallas del castillo y después a Cale.

—Cale, esto es demasiado peligroso —dijo por fin—. Podría ser una trampa.

—Tengo que descubrir qué quiere —dijo Cale convencido—. Estoy decidido a ir a verle y nada ni nadie me detendrá.

Casi observó a su amigo preocupado. Sabía que cuando a Cale se le metía una idea en la cabeza no había manera de convencerlo de lo contrario.

—¿Y cuál es tu plan? —preguntó.

—En realidad, todavía no lo tengo muy claro —admitió. Abrió la bolsa y sacó la ropa que había descolgado de la cuerda de tender—. Tengo esto —dijo sacando un vestido y un pañuelo—. Puedo vestirme de niña

para que nadie me reconozca. Si me pillan, les diré que me he perdido o algo así. No sabía muy bien qué hacer con Mondragó, pero ahora que estás tú aquí, podrías quedarte con él. Puedo llevarme la paloma —añadió recuperando su paloma mensajera y metiéndola en su bolsa—. Así te avisaría si tengo problemas.

—Vas a estar guapísima —se burló Casi—. ¿Y Rídel? ¿Vas a llevarlo también?

Cale no había pensado en el libro parlante. Decidió que era un buen momento para consultarlo. Sacó el libro de su bolsa y lo abrió. Las páginas brillaban con una tonalidad rojiza que alertaba del peligro. El libro carraspeó y dijo con una voz muy baja:

Sigue tus instintos,
mantente siempre alerta.
Lo que no vean tus ojos
lo encontrarás a tientas.

—¿Y eso qué quiere decir? —dijo Casi rascándose la cabeza—. Me parece que Rídel está más dormido que yo.

—Ni idea —contestó Cale—. Será mejor que también te quedes con él. No creo que pueda ayudarme mucho en las mazmorras.

—Como quieras —dijo Casi cogiendo el libro—, pero sigo pensando que te has vuelto loco.

Cale se puso el vestido de su hermana por encima de su ropa y se ató el pañuelo a la cabeza. Dio un par de pasos para despedirse de Mondragó, pero el vestido le quedaba demasiado largo y se tropezó, cayéndose al suelo.

—¿Cómo demonios se anda con esto? —protestó Cale.

—Con mucho cuidado —dijo Casi reprimiendo una sonrisa.

Cale se levantó y se sacudió la tierra del vestido.

—¡Es más difícil de lo que pensaba! Bueno, ya me acostumbraré. Será mejor que me

ponga en camino. Deséame suerte —dijo, y comenzó a avanzar en dirección al castillo de Wickenburg, con la bolsa colgada al hombro y levantando el vestido con las manos para no tropezarse.

—Suerte —dijo Casi preocupado.

En cuanto Cale se alejó un poco, Casi se acercó a su dragón y sacó dos palomas de sus alforjas. Escribió dos mensajes que metió en las respectivas fundas de cuero que llevaban las palomas en las patas y las soltó al aire.

—Al castillo de Mayo y de Arco —ordenó. No sabía qué destino le esperaba a Cale ni a qué nuevos peligros debían enfrentarse, pero estaba convencido de que tendrían que estar los cuatro amigos juntos.

CAPÍTULO 3

Las mazmorras

Cale avanzó sigilosamente hacia la muralla del castillo de Wickenburg, escondiéndose entre los matorrales y los árboles que había a los lados del camino. No se oía ni un ruido. Eso era buena señal. La puerta de hierro que daba a los jardines del castillo estaba un poco más lejos, pero si entraba por allí seguro que lo verían. Sabía que en la muralla faltaban algunas piedras y pensó que a lo mejor podía colarse por uno de los huecos.

Se giró para ver si Casi estaba mirando. A lo lejos vio la cabeza de Mondragó que se asomaba entre unas ramas y lo buscaba. A su dragón no le había gustado mucho no poder acompañarle, pero Casi le había dado unas cuantas galletas para dragones y consiguió convencerlo de que se quedara con él. Al lado de Mondragó estaba Casi que miraba a su amigo preocupado. Cale le hizo una señal para que permanecieran escondidos e intentó esbozar una pequeña sonrisa para tranquilizarlo, a pesar de que él mismo estaba tan nervioso que apenas podía mover las piernas.

Cale estaba agazapado detrás de un árbol a tan solo unos metros de la muralla. Se quedó muy callado y quieto para comprobar que nadie le había visto. Estudió la muralla y, efectivamente, a unos pasos de él había un hueco cerca del suelo donde faltaban unas piedras. Parecía lo suficientemente grande para meterse. Miró a un lado y a otro, se agachó y salió gateando hacia el agujero.

Una vez cerca, se tumbó en la tierra y lentamente empezó a arrastrarse por el suelo hasta asomar la cabeza al otro lado de la muralla. Observó con atención la gran expla-

nada de hierba que rodeaba el castillo. Había algunos árboles, arbustos y unas piedras muy grandes y grises a la derecha. Vio un camino que llegaba hasta el pequeño puente de piedra que pasaba por encima del foso y daba a la inmensa puerta cerrada del castillo de Wickenburg. Cale planeó su recorrido: tenía que llegar hasta los primeros matorrales, después esconderse detrás de las piedras grises y desde ahí conseguir llegar al manzano que había cerca del puente. Si conseguía hacerlo sin que lo vieran, ya solo le quedaría cruzar el puente y buscar la entrada a las mazmorras. Supuso que estaría en algún lugar por fuera del castillo. Wickenburg no iba a permitir que la gente que encerraba en las mazmorras pusiera un solo pie en el lugar donde él vivía.

Tomó aire con fuerza y se preparó. El corazón le latía con tanta fuerza en el pecho que se preguntó si alguien más podría oírlo.

Cale se arrastró por el suelo y se metió por el agujero. En cuanto llegó al otro lado de la muralla, salió gateando hasta los matorrales. De momento todo iba bien. Una vez más esperó para asegurarse de que nadie lo hubiera visto. La siguiente parada eran las piedras grises.

Cale se puso de pie y corrió sigilosamente hasta las piedras intentando no tropezarse con el vestido. Se agazapó detrás de una de ellas con la respiración entrecortada. Ya quedaba menos. Mientras recuperaba el aliento, notó que la paloma que llevaba en su bolsa empezaba a moverse.

«No, por favor», pensó Cale. «No te muevas».

Abrió la bolsa para intentar tranquilizarla. La paloma estaba claramente asustada. Movía las patas y las alas nerviosamente para salir de la bolsa. Cale le puso una mano encima y susurró «*shhhhh*». Después, con mucho cuidado, la cogió entre sus manos y decidió metérsela dentro del vestido para que se sintiera más segura con el contacto de su cuerpo y no se escapara. El asustado animal pareció calmarse un poco.

De pronto, a Cale le dio la sensación de que la piedra en la que estaba apoyado se movía. Notó un aire muy caliente en el cuello. Se quedó petrificado. No se atrevía a moverse. Un segundo más tarde oyó un gran rugido.

«¡Oh, no!».

Cale giró la cabeza lentamente y vio algo que lo dejó sin respiración. A unos centíme-

tros de su cara tenía la inmensa boca llena de dientes afilados de un dragón gigantesco. ¡Una de las fieras de Wickenburg! Las piedras grises donde se había escondido no eran piedras, ¡eran los dragones asesinos del alcalde!

El dragón soltaba babas entre sus dientes amarillentos y lo miraba con los ojos enrojecidos de furia. A su lado había otro dragón exactamente igual que el primero que rugía y lanzaba fuego por la boca.

GRRRRRRRRRR

«¡Van a devorarme!», pensó Cale. «De esta no voy a salir con vida».

Sin pensarlo dos veces, Cale corrió en dirección a la muralla. Con un poco de suerte conseguiría volver a salir por el hueco antes de que lo atraparan. Uno de los dragones alzó el vuelo y pasó por encima de Cale para bloquearle el camino. El otro lo siguió por detrás, lanzando llamaradas por la boca y rugiendo con fuerza. ¡Lo tenían completamente rodeado!

Cale no se detuvo. Dio un giro y siguió corriendo. Los dragones lo persiguieron. Uno de ellos pasó por su lado haciendo un vuelo rasante y lo empujó con el morro, lo suficiente para hacer que se tambaleara. El otro se puso delante de él y se acercó enseñando los dientes.

Cale consiguió recuperar el equilibrio y se alejó de ellos una vez más. Se metió por el camino que llevaba al castillo, tropezándose con el vestido. Los dragones lo perseguían sin prisa. Se movían lentamente, como si estuvieran saboreando el momento, disfrutando al ver cómo su presa huía inútilmente de sus garras asesinas.

Cuando Cale cruzó el puente, uno de los dragones se lanzó hacia él volando y con sus garras afiladas lo aplastó contra el suelo.

GRRRRRRRRRRRRRR

Abrió su gran boca y los dientes rozaron el pelo de Cale. ¡Iba a arrancarle la cabeza!

De pronto, la puerta del castillo se abrió de par en par.

—¿Qué está pasando aquí? —retronó una voz. Era el alcalde Wickenburg que había salido alertado por los rugidos de sus dragones. Detrás de él estaba su hijo Murda.

El chico llevaba todavía su camisa larga de dormir y se restregaba los ojos.

Las diabólicas fieras se quedaron inmóviles al oír la voz de su dueño.

Cale seguía atrapado bajo la garra del dragón. Levantó la cabeza y vio cómo el alcalde se acercaba dando grandes zancadas con cara de pocos amigos, arrastrando un látigo por el suelo.

—¿Qué es este escándalo? —repitió Wickenburg azotando su arma letal.

El dragón, al oír el chasquido del látigo, apartó su pata de encima del muchacho y retrocedió unos pasos. Cale se quedó en el suelo, intentando arreglar el pañuelo de su cabeza para taparse el pelo y que no lo reconocieran.

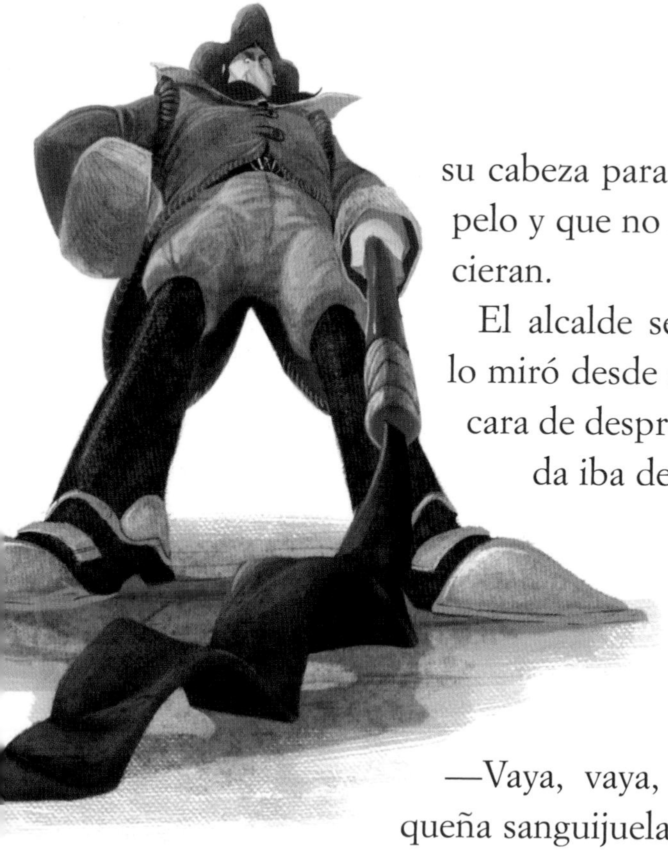

El alcalde se acercó y lo miró desde arriba con cara de desprecio. Murda iba detrás de él.

—Vaya, vaya, ¿qué pequeña sanguijuela os habéis encontrado en el jardín? —dijo pegándole un empujón con el pie—. ¡Levántate! —ordenó—. ¿Quién eres? ¿Y cómo te atreves a entrar en mi castillo?

Cale titubeó. Intentó incorporarse, pero le temblaban las piernas. El corazón le iba tan rápido que pensaba que se le iba a salir por la boca.

—Yo… este… me llamo Carla —dijo por fin desde el suelo—. Me he perdido… digo perdida, no, ¡perdido!

—¿Perdido? ¿En mi castillo? JA, JA, JA —se rió el alcalde—. ¡Conozco perfectamente a las de tu estirpe! ¡Dame esa bolsa! —ordenó Wickenburg arrebatándole a Cale la bolsa que ahora estaba en el suelo.

Wickenburg le dio la vuelta a la bolsa y vació su contenido en el suelo: las manzanas y el trozo de pan que Cale había cogido de su castillo, la pluma y los trozos de pergamino. Se agachó, cogió una de las manzanas y se la puso a Cale delante de la nariz.

—Con que perdida, ¿eh? —dijo—. ¡Ladronzuela! ¡Has venido a robarme manzanas!

—Yo… yo… —balbuceó Cale.

—¡Tú te callas! —dijo el alcalde—. ¡Sé perfectamente lo que tengo que hacer con los ladrones como tú!

Se giró hacia su hijo que miraba la escena con una sonrisa perversa en la boca:

—Murda, llévate a esta ladronzuela inmediatamente a las mazmorras —ordenó Wickenburg—. Yo tengo asuntos más importantes de los que encargarme esta mañana. En cuanto vuelva, ya decidiré qué hago con ella.

Murda se acercó a Cale y lo observó atentamente.

—Tu cara me suena —dijo pegando su nariz a la de Cale. Cale notó su apestoso aliento—. ¿Cómo has dicho que te llamas?

Cale bajó la mirada. No se atrevía a mirar al chico a los ojos. Murda le levantó la barbilla con la mano, obligándole a mirarlo.

—¡He dicho que cómo te llamas! —gruñó.

—¡Murda! —gritó el alcalde—. No te he pedido que te dediques a hablar con ella. Obedece de una vez y llévala a las mazmorras. ¡AHORA MISMO! ¡Andando! ¡Ya sabes lo que hay que hacer!

—Sí, padre, sí —dijo Murda. El hijo del alcalde se portaba completamente diferente delante de su padre. No parecía el matón al que tanto temía Cale. Actuaba como un cordero manso dispuesto a seguir las órdenes de su amo. El perverso chico estiró la mano, cogió el pañuelo de Cale y se lo bajó para taparle los ojos y que no pudiera ver por dónde iba—. ¡Venga! —ordenó pegándole un fuerte empujón—. ¡Muévete!

Cale se levantó a trompicones. Enseguida notó como Murda lo cogía del brazo y tiraba de él. No podía ver absolutamente nada.

«¿Por qué me habrá tapado los ojos?», se preguntó Cale. «¿Es que nadie puede saber dónde están las mazmorras?».

Siguieron avanzando durante un buen rato, con Murda apretándole el brazo con fuerza. Por suerte, no lo había reconocido o por lo menos eso creía Cale.

Por fin se detuvieron. Cale oyó el chirrido metálico de una puerta y, una vez más, Murda lo empujó para que avanzara.

Cale dio un paso hacia delante, pero al intentar poner el pie en el suelo, lo único que notó fue el vacío. Estaba delante de unas escaleras muy empinadas que descendían hasta las mazmorras. Cale las bajó rodando y aterrizó en el suelo duro.

¡PATAPLAF!

—¡JA, JA, JA! A ver si miras por dónde andas —se burló Murda.

Cale se quedó en el suelo sin saber dónde estaba. Notó que hacía mucho más frío y que la voz de Murda retumbaba en las paredes. Cale intuyó que estaban en algún lugar bajo tierra, en un túnel o algo así. El suelo era de piedra y el lugar olía a humedad. Se había hecho daño en la frente al golpearse contra las duras losas del suelo. Esperó no haber aplastado a la paloma que llevaba escondida en el vestido. Hacía ya un rato que no notaba ningún movimiento del animal. No sabía si estaría muerta o tan asustada como él, pero no le dio tiempo a comprobarlo. Un segundo más tarde, notó cómo Murda volvía a cogerlo del brazo, lo levantaba y le hacía avanzar por un pasillo estrecho. Cale intentó memorizar el recorrido: unos diez pasos al frente, después giro a la derecha, veinte pasos más y giro a la izquierda, cinco pasos más… ¿o eran siete? ¡Había perdido la cuenta! ¡Le resultaba imposible orientarse a oscuras!

Murda no hablaba. Se limitaba a dirigirle de mala manera, sin impedir que Cale se diera golpes contra la pared.

Después de lo que pareció una eternidad, se detuvieron. Cale oyó el ruido de una llave que daba vueltas en una cerradura y el chirrido de otra puerta metálica.

Notó un fuerte empujón en la espalda que le hizo caer una vez más contra el suelo duro de piedra.

—¡AY! —gritó Cale.

—Y ahora vamos a hablar un rato tú y yo —dijo Murda con voz amenazante—. ¡Quítate el pañuelo!

¡Cale estaba atrapado! Esta vez no tenía salida. Murda muy pronto averiguaría quién era.

Cale no se movió. No se atrevía. Se quedó en el suelo temblando.

—¡HE DICHO QUE…!

Justo cuando Murda estaba a punto de quitarle el pañuelo y descubrir su verdadera identidad, se oyó una voz a lo lejos que retumbaba por los pasillos de las mazmorras.

—¡MURDA! —era la voz del alcalde—. ¿Se puede saber por qué estás tardando tanto?

—Ya voy padre —contestó el chico. Se giró a Cale—. Todavía no he acabado contigo. Volveré muy pronto.

Cerró la puerta de hierro y Cale oyó cómo volvía a echar la llave. Las pisadas de Murda se alejaron por el túnel.

Cale se quedó tumbado sobre las frías losas, a oscuras. Rodeado de una oscuridad absoluta.

CAPÍTULO 4

A tientas

Cuando Cale dejó de oír las pisadas de Murda y oyó una puerta que se cerraba a lo lejos, se sentó. Le dolía todo el cuerpo y no sabía dónde estaba. Se quitó el pañuelo que le tapaba los ojos y miró a su alrededor, pero no vio nada. La celda donde lo habían metido parecía estar en penumbra.

De pronto notó un movimiento en su pecho. ¡La paloma! ¡Estaba viva! Cale la sacó del vestido y la sujetó entre sus manos. El pobre animal temblaba de miedo, igual que él.

—Tranquila, no pasa nada —dijo Cale acariciándola e intentando convencerse a sí mismo de sus propias palabras.

Todo había pasado demasiado rápido. Sí, su plan era llegar a las mazmorras y lo había conseguido, pero nunca se hubiera imaginado que acabaría convirtiéndose en un prisionero. ¿Cómo iba a salir de ahí? ¿Cómo iba a avisar a sus amigos? En cuanto Murda regresara, descubriría quién era, y no quería ni imaginarse lo que haría con él.

—Tenía que haber escuchado a Casi —dijo pensando en voz alta—. Ha sido una locura.

Poco a poco sus ojos se fueron acostumbrando a la oscuridad. Cale vio que, efectivamente, se encontraba en una mazmorra de frías paredes de piedra. En la parte de arriba de una de las paredes había un pequeño ventanuco por el que se colaba un poco de luz. No tenía barrotes. No hacía falta. Ninguna persona podría meterse por ahí. La otra posible salida, la puerta de hierro oxidado, estaba cerrada con llave. Estaba atrapado.

De pronto oyó un ruido. Algo se movió en una esquina de la celda. Una persona o quizás un animal.

Entre las sombras, Cale consiguió distinguir un bulto que temblaba bajo una tela marrón. Por sus pliegues se asomaban unos ojos vidriosos que le miraban fijamente.

—¡AAAAAHHHH! —exclamó Cale asustado.

Al oír su grito, el bulto también se movió. Por debajo de los ojos, se abrió una boca de encías grises de las que colgaban unos pocos dientes; sin embargo de su garganta no salió ni un solo ruido.

Cale retrocedió asustado, pero la figura no reaccionó. Si hubiera querido hacerle daño ya lo habría hecho. No podía ser más que una persona.

—¿Curiel? —preguntó Cale—. ¿Eres tú?

El hombre no contestó. Levantó la cara y quitó la capucha que le protegía la cabeza, dejando al descubierto su rostro pálido y arrugado, y observó al muchacho temeroso.

Cale se acercó un poco más.

El anciano no tenía buen aspecto. Se tapaba con su túnica andrajosa y entre los agujeros de la tela asomaban sus piernas huesudas y unos pies descalzos atados con unos grilletes a unas gruesas cadenas de hierro. Estaba muy débil. Seguramente no le habían dado de comer en mucho tiempo. A su lado, en el suelo, había un pequeño cuenco de metal con un poco de agua sucia. Al ver que Cale se dirigía hacia él, se tapó la cara con las manos, como si intentara protegerse.

—No, tranquilo, no voy a hacerte daño —dijo Cale—. Soy yo, Cale.

Curiel bajó un poco las manos y miró al chico con desconfianza. No parecía reconocerle.

«¡Claro que no me reconoce! ¡Llevo un vestido!», pensó Cale. Rápidamente se quitó el vestido de su hermana, lo tiró al suelo y volvió a dirigirse al curandero.

—¿Ves? Soy yo. Cale. Recibí tu mensaje. Decías que querías hablar conmigo, ¿te acuerdas? —dijo.

Curiel lo observó con curiosidad.

«¿Estará enfermo? ¿Habrá perdido la memoria?», pensó Cale.

El anciano pareció relajarse. Estiró un brazo y le hizo una señal para que se acercara. Una vez que lo tuvo a su lado, Curiel pasó la

mano por la cara de Cale, como si intentara comprobar que efectivamente era él.

—¿Estás bien? He venido a verte porque dijiste que tenías algo que contarme —dijo Cale—. ¿Qué es?

Curiel tomó aire con fuerza y miró a Cale con una expresión de tristeza profunda. Después comenzó a gesticular con las manos. Movía los brazos nerviosamente, señalaba a la ventana, a la puerta, dibujaba imágenes en el aire con los dedos.

Pero Cale no entendía nada.

El anciano era mudo. Iba a ser imposible comunicarse con él. Cale pensó en la bolsa que le había quitado el alcalde. Las manzanas y el trozo de pan habrían alimentado al pobre curandero, y con la pluma y los pergaminos podrían haberse entendido. Sin embargo, ya no los tenía. ¿Qué iba a hacer ahora?

Cale levantó una mano para pedirle que dejara de gesticular.

—Lo siento, Curiel, pero no sé qué quieres decirme —dijo—. Creo que será mejor si te hago preguntas y tú contestas con la cabeza, ¿vale?

Curiel asintió.

—Lo primero que quiero saber, ¿eres tú el verdugo? ¿Has sido tú el que ha talado los árboles? —preguntó Cale.

Curiel negó efusivamente con la cabeza.

—¡Lo sabía! —exclamó Cale aliviado—. Entonces, si no eres tú, ¿quién está destrozando el bosque?

El anciano tembló. En su rostro se dibujó una expresión de terror. Estaba claro que él había visto al verdugo con sus propios ojos y había sido testigo de sus actos más crueles.

—¿Sabes quién los está talando? —insistió Cale.

El curandero volvió a asentir. Sus ojos se llenaron de lágrimas. Una vez más empezó a hacer gestos con la mano. Pero, una vez más, Cale no conseguía entenderle. La situación era frustrante. Estaba tan cerca de conseguir la respuesta que tanto ansiaba saber y, sin embargo, era incapaz de comunicarse con Curiel. Cale se disponía a hacerle otra pregunta y el anciano le puso los dedos en la boca para que no hablara. Después levantó la mano para que esperara un segundo y empezó a buscar algo por debajo de su túnica. Cuando encontró lo que buscaba, esbozó una leve sonrisa y sacó un papel muy arrugado que le pasó a Cale con su mano temblorosa.

—¿Qué es esto? —preguntó Cale desdoblando el trozo viejo de pergamino.

Era un mapa. Un mapa muy extraño.

En el centro había un pequeño círculo rodeado de muchos rectángulos. Tanto el círculo como los rectángulos estaban dentro de un círculo más grande del que salían una especie de tubos.

En la parte de arriba había dos palabras CUEVAS INVERNADERO.

—¿Las cuevas invernadero? —leyó Cale en voz alta—. ¿Es ahí donde está el verdugo?

¿Quieres que vaya allí? ¿Cómo voy a hacer eso si estoy encerrando en esta sucia mazmorra?

El anciano señaló a la paloma que Cale había vuelto a guardar bajo su ropa y se asomaba por el cuello de su camisa.

—¡Claro! ¡Quieres que envíe el mapa a alguien con la paloma! ¿Verdad?

Curiel dijo que sí con la cabeza.

—Eso es fácil —dijo Cale. Enrolló con mucho cuidado el pergamino y lo metió en la funda de la pata de la paloma. Después se levantó, se acercó al pequeño ventanuco de la celda y empujó a la paloma para que pudiera pasar por el estrecho hueco.

Antes de darle la orden, se quedó pensando.

«¿A quién puedo enviarle el mapa? Le prometimos al Roble Robledo que nunca le hablaríamos a nadie de los árboles parlantes. Si se la envío a mis padres, habré roto mi promesa. Por otro lado, ellos no saben dónde estoy y no quiero que se preocupen». Cale tomó una decisión. Soltó la paloma y ordenó:

—¡Busca a Casi! ¡Llévale el mapa!

La paloma salió por el estrecho hueco de la ventana, estiró las alas y alzó el vuelo. Pronto se perdió en la distancia.

Cale regresó donde estaba el anciano y se sentó a su lado.

—No te preocupes, Curiel. Mis amigos pondrán fin a este misterio y encontrarán al verdugo. Ahora tenemos que descubrir la manera de escapar de este lugar y que se haga justicia. Encontraremos al responsable y tú volverás a tu casa del bosque —prometió Cale.

Curiel no contestó, ni se movió.

—¿Curiel? —preguntó Cale observando al curandero. Se había quedado dormido y tiritaba.

«Está muy enfermo», pensó Cale.

Cale se levantó, cogió el vestido que había dejado tirado en el suelo y tapó al anciano. No era mucho, pero era mejor que la desvencijada túnica con la que intentaba abrigarse. Una sensación de rabia e impotencia se apoderó de él. Apretó los puños con fuerza.

—¡Wickenburg ha encerrado a un hombre inocente! ¡Los ciudadanos de Samaradó deben enterarse! —dijo.

Cale estaba furioso. Empezó a ir de un lado a otro de la celda en tinieblas, intentando pensar en qué podía hacer, cómo se enfrentaría a Murda y al alcalde cuando fueran a verle y qué podía decirles para convencerlos de que sacaran a Curiel de ahí antes de que fuera demasiado tarde. De pronto, su pie chocó con algo duro. La celda estaba prácticamente a oscuras y no podía verlo, así que se agachó para tocarlo a tientas. Parecía una argolla de metal. Mientras la examinaba con los dedos, le vinieron a la cabeza las palabras que le había dicho Rídel: «Lo que no vean tus ojos lo encontrarás a tientas». ¿Se referiría a eso?

Cale se puso de rodillas y palpó las frías losas del suelo. Una de ellas, justo en la que estaba clavada la argolla, parecía estar suelta. Empezó a dar toquecitos con los nudillos.

Sonaba a hueco. ¿Habría algo debajo?

Cale cogió aire y tiró con fuerza de la argolla. La piedra cedió un poco, pero pesaba demasiado. Volvió a dejarla caer. ¡Tenía que conseguirlo! Una vez más, respiró profundamente, reunió todas las energías que le quedaban y tiró de la argolla hacia arriba.

¡La piedra se movió! Cale siguió tirando y, poco a poco, la piedra fue cediendo. Con un último esfuerzo, consiguió abrirla del todo.

¡Por debajo de la piedra había algo!

Cale se asomó. ¡Parecía un pasadizo o un pozo!

Era un túnel estrecho y oscuro que bajaba hacia las profundidades de la tierra. Cale miró a Curiel que seguía acurrucado en la esquina, temblando y profundamente dormido. Después observó el túnel.

«¿Adónde llevará? ¿Será muy profundo?», se preguntó. Buscó a tientas algo que pudiera tirar por el agujero y encontró una pequeña piedra. La lanzó y escuchó con atención. En tan solo unos segundos oyó el ruido de la piedra al chocar con el suelo.

PLOF

No había agua ni parecía que fuera demasiado profundo.

«Tengo que meterme», decidió Cale.

No sabía si el pasadizo secreto tendría salida. No sabía si conduciría a un lugar incluso más peligroso. No sabía si saldría con vida de esta.

Pero lo que sí sabía era que el tiempo se estaba acabando para Curiel y que no podía quedarse ahí esperando con los brazos cruzados. Si ese túnel era la única manera de salir de aquella mazmorra fría y oscura, debía arriesgarse.

—Curiel, te prometo que volveré y te sacaré de aquí —dijo Cale metiendo los pies por el agujero.

Curiel no contestó.

Cale descendió por el estrecho pasadizo, sujetándose con los pies a las paredes. Dejó caer la piedra por encima de su cabeza y, una vez más, se quedó completamente a oscuras.

Al oír el ruido de la losa al cerrarse, Curiel abrió los ojos, miró al lugar por donde se había metido Cale y en su boca desdentada se dibujó una extraña sonrisa.

CAPÍTULO 5

Mientras tanto...

—*¿Qué ocurre?* —preguntó Mayo haciendo aterrizar a su dragona Bruma cerca del lugar donde Casi permanecía escondido con Chico y Mondragó—. ¿Por qué nos has llamado con tanta urgencia?

Casi se sintió aliviado al ver llegar a su amiga. El sol ya estaba alto en el cielo y calentaba con fuerza sobre la fortaleza del alcalde. Había transcurrido mucho, demasiado tiempo desde que Cale se había me-

tido por el agujero de la muralla, y seguía sin recibir ninguna noticia de su paradero. ¿Le habrían atrapado? Desde su escondite había oído unos rugidos y los chasquidos de un látigo, pero la gran pared de piedra le impidió ver lo que estaba pasando. Casi estaba desesperado. Mondragó también parecía muy intranquilo. Buscaba a su dueño sin parar e intentaba escaparse. Hasta ese momento, Casi había logrado distraerlo dándole galletas de dragón, pero ya no le quedaba ninguna.

Detrás de Mayo apareció Arco volando con su dragón Flecha. Este al ver a Mondragó, se lanzó en picado hacia él y aterrizó aparatosamente entre los matorrales.

—¡Flecha! —protestó Arco saliendo entre las ramas y colocándose bien el casco—. ¡Un día de estos me vas a matar!

Mondragó salió corriendo a recibir a Flecha y los dos empezaron a perseguirse, con Mondragó tirando del mondramóvil.

—¡Oye! ¡Tranquilos! —dijo Arco intentando sujetar a su dragón. Miró a su alrededor para que alguien le echara una mano—. ¿Dónde está Cale? Tiene que controlar a Mondragó.

Casi bajó la mirada. No sabía cómo decirles que Cale se había metido en el castillo del alcalde. Se sentía culpable de la desaparición de su amigo.

—En las mazmorras… —dijo por fin.

—¿QUÉ? —preguntó Mayo—. ¿Por qué? ¿Quién le ha metido ahí? ¿Murda?

—No, no. Es que… —Casi titubeó—. Es que encontró un mensaje de Curiel. Quería encontrarse con él a solas, y ya sabéis cómo es Cale… Decidió ir a ver de qué se trataba… Y yo…

—¿Y tú dejaste que se fuera? —preguntó Arco soltando a Flecha que volvió a jugar con Mondragó.

Casi miró avergonzado a su amigo. No sabía qué contestar.

—Arco, eso ahora no importa —interrumpió Mayo—. Lo que ha pasado no se puede cambiar. —Miró a Casi—. Explícanos todo desde el principio.

Casi tomó aire con fuerza y les contó a sus amigos lo que había sucedido. Les habló de los rugidos, de los chasquidos de un látigo y de cómo desde hacía ya tiempo, no sabía nada de su amigo.

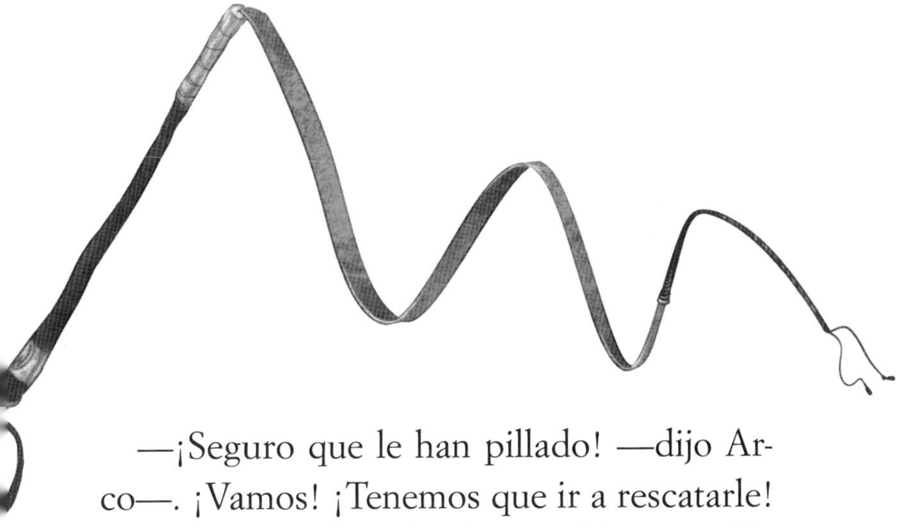

—¡Seguro que le han pillado! —dijo Arco—. ¡Vamos! ¡Tenemos que ir a rescatarle!

—¡No, Arco! —le detuvo Mayo—. No podemos cometer el mismo error. Si entramos también nos atraparán y acabaremos todos en las mazmorras. Tenemos que pensar un plan. —Se giró hacia Casi—. A lo mejor Rídel nos puede dar alguna idea. ¿Se lo llevó Cale?

—No, lo tengo yo —dijo Casi sacando el libro de las alforjas de su dragón y pasándoselo a Mayo—. Aquí está.

Mayo cogió el libro e intentó abrirlo, pero no lo consiguió. Sus páginas parecían estar pegadas.

—Imposible —dijo Mayo—. No hay manera de abrirlo. Me parece que Rídel solo se comunica con Cale. Debemos encontrar otra manera de averiguar lo que está pasando.

De pronto se oyó un gran rugido.

GRRRRRRRRRRRRRRR

Casi, Mayo y Arco llamaron a sus dragones y se agazaparon entre los matorrales.

Dos inmensas bolas de fuego estallaron en el cielo, y detrás de ellas aparecieron los dragones de Wickenburg sobrevolando la muralla del castillo. El alcalde iba sentado en la montura de uno de ellos y azotaba su látigo con fuerza.

Al verlos pasar, Mondragó intentó salir a perseguirlos. Por suerte, Mayo estaba alerta y consiguió detener al dragón antes de que los delatara.

—¡Quieto! —ordenó Mayo sujetando el collar del dragón.

Mondragó se detuvo, pero empezó a mover la cola de lado a lado mientras observaba a los dragones del alcalde. Arco se tiró encima de la cola de Mondragó y la aplastó con el peso de su cuerpo para inmovilizarla. ¡Demasiado tarde! Uno de los dragones, en el que no iba montado el alcalde, vio el movimiento de las hojas, giró la cabeza y lanzó una mirada fulminante al lugar donde estaban escondidos. ¡Los había descubierto! Los tres chicos se quedaron agazapados, aguantando la respiración y sujetando con fuerza a sus dragones para que no se movieran. El gigantesco dragón gris desvió su rumbo y planeó hacia donde estaban los chicos. Lanzó una gran llamarada de fuego que se quedó flotando en el aire. Casi, Arco y Mayo apenas podían verlo detrás de las llamas.

Al oír los rugidos, Wickenburg giró la cabeza desde la montura de su dragón y azotó una vez más el látigo en el aire.

—¡Vamos! —gritó—. ¡No te distraigas! ¡No es hora de cazar!

El dragón asesino volvió a rugir ferozmente, pasó volando cerca del claro y después se acercó a su dueño, sin dejar de mirar hacia atrás.

Unos segundos más tarde, los dos dragones grises y el alcalde desaparecieron en la distancia.

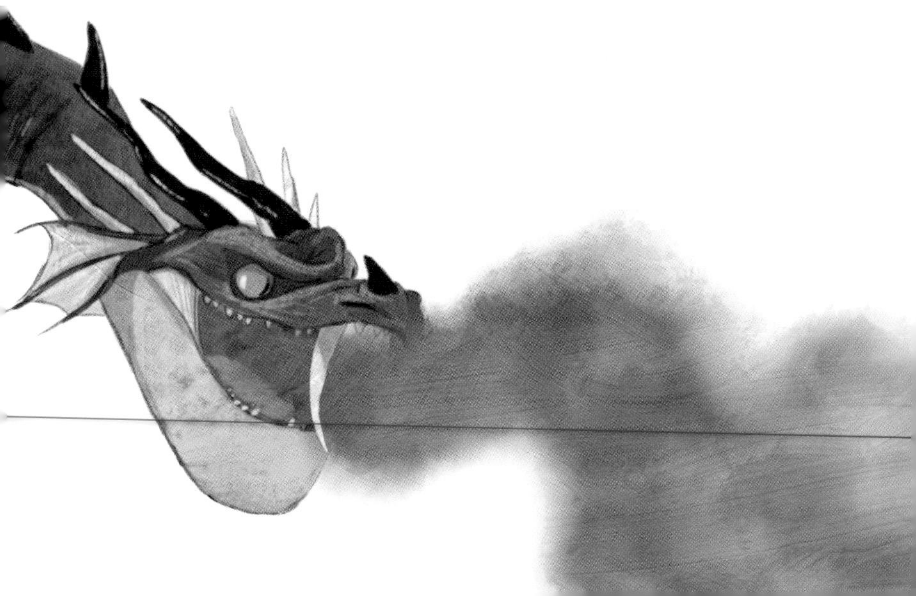

—Eso ha estado muy cerca —dijo Casi temblando.

—Demasiado cerca —asintió Arco.

Una vez que se sintieron a salvo, Arco, Mayo y Casi se levantaron y acariciaron a sus dragones para tranquilizarlos. Pero Mondragó seguía muy inquieto. Luchaba para quitarse a Mayo de encima e intentaba salir al claro.

—¡Mondragó, tranquilo! —gritaba Mayo mientras el dragón la arrastraba—. ¡Ayudadme!

Casi y Arco se acercaron y tiraron de las riendas de Mondragó. Pero Mondragó era mucho más fuerte que los tres juntos y siguió arrastrándolos. Levantaba la cabeza hacia el cielo. Parecía que había visto algo.

Casi miró hacia arriba.

—¡Mirad! —exclamó—. ¡Ahí!

Efectivamente, algo más había aparecido en el cielo. ¡Una paloma!

La paloma los vio y se acercó volando.

—¡Es la paloma de Cale! —exclamó Casi extendiendo el brazo para que se posara—. ¡Tiene un mensaje!

Mayo y Arco se acercaron a su amigo. Casi sacó el pequeño pergamino enrollado que llevaba la paloma en la funda de cuero de su pata.

—Parece un mapa —dijo al abrir el papel y observar los extraños dibujos—. *Cuevas invernadero...* —leyó.

—¿Por qué nos habrá enviado Cale este mapa? ¿De dónde lo habrá sacado? —preguntó Arco.

—A lo mejor él está ahí y quiere que vayamos a ayudarle —dijo Mayo mirando a Casi—. Casi, ¿tienes idea de dónde están estas cuevas invernadero?

El padre de Casi era cartógrafo. Se pasaba el día visitando hasta el último rincón del pueblo y haciendo mapas detallados, y siempre le hablaba a Casi de los nuevos lugares que había conocido o los nuevos mapas que había trazado.

—Sí —contestó Casi—. Mi padre me habló de ellas. Es un lugar increíble que antes se podía visitar, pero las cerraron hace unos años por desprendimientos. Por lo visto hubo un temblor de tierra y un grupo de personas se quedó atrapado dentro.

Casi se acercó a Chico y sacó uno de los mapas de su padre que llevaba en las alforjas de su dragón. Lo abrió y lo estudió cuidadosamente. Por fin señaló un pequeño lugar con el dedo.

—Aquí —dijo señalando una colina verde más allá del castillo de Wickenburg—. Justo detrás de esa pequeña loma.

—¡Vamos! —exclamó Arco subiéndose a su dragón—. Cale nos necesita.

—¡Espera! —dijo Mayo—. Nosotros podemos ir volando en los dragones, pero ¿qué vamos a hacer con Mondragó?

Los tres amigos observaron al dragón de Cale que en esos momentos estaba distraído observando una abeja que iba de flor en flor en busca de polen. Mondragó movía sus pequeñas alas como si quisiera imitar a la abeja. Conseguía levantarse unos centímetros del suelo durante unos segundos para luego caer pesadamente. Sus alas eran demasiado pequeñas para levantar el peso del inmenso animal.

—Puedo hacer que Flecha vuele a ras del suelo y sujetar las riendas de Mondragó —dijo Arco—. Seguro que nos sigue. No va a querer quedarse aquí solo.

—Buena idea —dijo Mayo.

Casi se subió a Chico, Mayo a Bruma y Arco le dio un toque con los talones a su dragón Flecha para que alzara el vuelo.

—Vamos, Mondragó —dijo Arco sujetando las riendas del dragón—. ¡Síguenos!

Mondragó levantó la cabeza y vio que los dragones se alejaban volando. ¿Es que iban a dejarlo ahí solo? Rápidamente se puso en movimiento arrastrando el mondramóvil y los siguió.

Los tres amigos y los cuatro dragones salieron en dirección a las cuevas invernadero donde les esperaba una gran sorpresa.

CAPÍTULO 6

Un pasadizo secreto

Cale estaba completamente a oscuras dentro del pasadizo que había encontrado bajo la losa de la mazmorra. Era un túnel estrecho, excavado en la tierra, que bajaba en vertical y parecía no tener final. Cale apoyaba los pies y las manos contra las paredes y poco a poco iba descendiendo, primero un pie, luego el otro, después las manos. Le dolía todo el cuerpo de la tensión que tenía que poner para no caerse. No sabía cuánto tiempo iba a aguantar.

Mientras descendía intentaba mantener la mente ocupada con pensamientos positivos, pero le resultaba casi imposible. Le preocupaba la salud de Curiel. El pobre anciano estaba en las últimas y, si no conseguía que alguien fuera a ayudarle, no resistiría mucho más. ¿Lograría salir a tiempo de aquel siniestro pasadizo y convencer a alguien para que ayudara a Curiel? ¿A quién? ¿Quién iba a hacer caso de un chico de once años? ¿Y cómo iba a explicar a la gente que había visto a Curiel en las mazmorras?

Curiel no era el único que le preocupaba a Cale. Él y sus amigos le habían prometido al Roble Robledo que lo ayudarían a recuperar el Bosque de la Niebla y que encontrarían las seis semillas que necesitaban para que volvieran a crecer los árboles parlantes. Debían encontrarlas antes de que llegara la siguiente noche de plenilunio y solo quedaban dos días para eso. ¿Cómo iban a dedicarse a buscar las semillas cuando el verdugo an-

daba suelto? En ese momento se acordó del mapa. Se preguntó si Casi lo habría recibido y habría ido a las cuevas invernadero. ¿Qué habría allí? ¿Se encontraría su amigo cara a cara con el verdugo?

Cale continuó su descenso. Un metro, dos metros, tres metros más. A pesar de que el túnel estaba frío, las gotas de sudor le caían por la frente.

Bajó el pie derecho y al intentar apoyarlo en la pared, notó que esta se había acabado.

Movió el pie de un lado a otro. Nada. No había absolutamente nada donde sujetarse.

¿Qué habría más abajo? ¿El vacío?

¿Qué debía hacer? ¿Intentar subir y regresar a la mazmorra o dejarse caer?

No le dio tiempo a tomar una decisión. Los brazos le dolían tanto que no pudo seguir aguantando su peso. Las manos se le resbalaron y empezó a caer.

—¡NOOOOOO! —gritó Cale. Su voz retumbó en el estrecho pasadizo.

¡PLAF!

El descenso fue muy corto. Apenas un metro. Cale aterrizó de pie sobre el suelo de tierra. Parecía haber caído en otro pasadizo. Miró a su alrededor y a lo lejos le pareció divisar tres líneas verticales de luz amarilla.

«¡Tiene que ser por ahí!».

Avanzó por el túnel a tientas, arrastrando los pies y poniendo las manos por delante para evitar darse un golpe. A medida que se acercaba a las luces, le pareció oír unas voces, murmullos de varias personas.

«¿Quién será?», se preguntó. A lo mejor el túnel acababa en una zona transitada del pueblo o quizás terminaba en alguno de los salones del castillo de Wickenburg.

Siguió andando en la penumbra, con el corazón latiéndole con fuerza. Las luces estaban ya muy cerca, casi podía tocarlas.

Estiró las manos y palpó algo. Una puerta de madera. La luz entraba por sus rendijas. Miró a través de una de ellas y no reconoció lo que vio al otro lado. Era un lugar diferente, como si fuera de otro mundo. Escuchó con atención. Seguía oyendo esas extrañas voces. Distinguió varias distintas. Parecía que estaban entablando una conversación amistosa. De vez en cuando se oía alguna carcajada. No le pareció que fuera la voz de Murda ni de su primo Nidea o del alcalde Wickenburg.

«Tengo que ir ahí», decidió Cale.

Con mucho cuidado, apoyó las manos en la puerta de madera y la empujó. Las bisagras oxidadas rechinaron sin ofrecer demasiada resistencia y la puerta se abrió lentamente.

Cale asomó la cabeza y miró de un lado a otro. En ese momento las voces se callaron.

«¡Qué raro! Aquí no se ve a nadie», pensó. «¿Y las voces? Estoy seguro de que había varias personas hablando».

Dio un paso adelante y entró en aquel extraño lugar.

Se encontraba en una inmensa gruta subterránea. Del techo colgaban grandes estalactitas y en el suelo había estalagmitas formando un laberinto. La gruta estaba iluminada por haces de luz que entraban desde arriba y formaban grandes sombras siniestras. De la enorme gruta salían tres pasadizos grandes en distintas direcciones.

En el centro de la caverna había un árbol de ramas retorcidas y secas y, rodeándolo, varios montones de paja seca. El árbol no tenía ninguna hoja y parecía estar muerto. De una de sus ramas colgaba una fruta ovalada con espinas afiladas de un color verde claro que brillaba con fuerza.

Cale se adentró en la gruta y se escondió detrás de una estalagmita muy grande. No veía ni un movimiento. No oía absolutamente nada.

«¿Dónde estoy?», se preguntó Cale.

Se quedó ahí, agazapado, intentando decidir qué hacer.

De pronto, oyó pasos y unas voces.

—¡Quieto! ¡Espera! —dijo una voz.

Los pasos se convirtieron en una carrera. ¡Se estaban acercando!

Cale miró hacia la puerta por donde había salido. ¡Estaba demasiado lejos para volver! ¡No iba a darle tiempo! Apretó el cuerpo contra la estalagmita y esperó que no lo vieran.

—¡Mondragó! ¡Vuelve! —gritó de nuevo la voz.

¿Mondragó?

Solo había un dragón con ese nombre. ¡Su dragón!

Cale se asomó desde su escondite y lo vio. Mondragó había entrado en la gran gruta, arrastrando el mondramóvil. Miraba de un lado a otro y levantaba el hocico como si estuviera olfateando algo. De pronto empezó a mover sus pequeñas alas con fuerza y giró la cabeza hacia donde estaba Cale.

—¡Mondragó! —gritó Cale saliendo de su escondite y acercándose a abrazar a su leal animal.

Unos segundos más tarde aparecieron Mayo, Casi y Arco corriendo por uno de los túneles, con sus dragones Bruma, Chico y Flecha detrás. Al ver a Cale se quedaron boquiabiertos.

—¡CALE! —gritaron al unísón.

Los cuatro amigos se juntaron en un gran abrazo y Mondragó empezó a correr alrededor de ellos, arrastrando el mondramóvil y moviendo la cola sin parar.

—¿Cómo has llegado hasta aquí? ¿Dónde estabas? ¿Viste a Curiel? ¿Conseguiste entrar en las mazmorras? ¿De dónde sacaste el mapa que nos enviaste con la paloma?

Casi, Arco y Mayo acribillaban a Cale a preguntas, pero Cale también quería saber cómo habían llegado sus amigos hasta allí.

—¿Dónde estamos? —preguntó—. ¿Cómo me habéis encontrado? No os habrá seguido nadie, ¿verdad?

Todos hablaban a la vez, intentando encontrar las respuestas a sus preguntas. Por fin Mayo levantó la mano.

—¡Así no hay quien se entere de nada! —dijo muy alto—. ¿Por qué no dejamos que Cale nos diga qué ha pasado y luego le contamos nosotros cómo hemos llegado hasta aquí?

Todos estuvieron de acuerdo. Cale les habló de cómo le habían encerrado en las mazmorras donde había visto a Curiel que estaba muy enfermo. Les explicó que fue Curiel el que le había dado el mapa y cómo había conseguido escapar de las mazmorras por el túnel secreto.

—Bueno y eso es todo —dijo—. Ahora os toca a vosotros.

—Recibimos tu mapa —explicó Mayo— y vinimos a las cuevas invernadero, aunque este sitio de invernadero tiene muy poco —dijo observando el árbol seco que había en medio de la gruta y los montones de paja seca—. La entrada a las cuevas estaba cerrada con un cartel muy grande que ponía: PROHIBIDO EL PASO. PELIGRO DE DERRUMBAMIENTOS, pero nosotros no hicimos mucho caso y nos metimos. ¡Ahora debemos salir de aquí antes de que nos pillen!

—O de que se derrumben las cuevas —añadió Casi mirando las paredes de la gruta.

—Venga, vámonos —dijo Arco.

—¡Esperad un momento! —dijo Cale—. Curiel quería que viniéramos aquí por algo. Debemos investigar. —Señaló el centro de la gruta—. Ese árbol, ¿os habéis fijado? Está completamente seco pero tiene una semilla muy extraña y brillante. Tengo el presentimiento de que no es una semilla normal. —Miró a Casi—. Casi, ¿sigues teniendo a Rídel?

—Sí, claro, lo guardé en las alforjas de Chico —contestó Casi acercándose a su dragón para sacar el libro y dárselo a Cale—. Intentamos hablar con él, pero no había manera de abrirlo.

Cale cogió el libro en sus manos. Las letras de su portada de cuero brillaban intensamente y estaba muy caliente. Como siempre, notó un latido rítmico a través de sus tapas. Lo abrió con mucho cuidado. Esta vez el libro no puso ninguna resistencia. Sus páginas despedían una luz verde intensa. Cale y sus amigos se quedaron esperando a que dijera algo. El libro carraspeó y empezó a hablar, pero en esta ocasión no se dirigió a Cale. Esta vez parecía que estaba hablando con alguien más.

¡Hablad, parlantes!
No tengáis miedo.
Mis amigos vienen
a socorreros.

—¿A este qué mosca le ha picado? —preguntó Arco mirando al libro extrañado.

Nada más decir esas palabras, empezó a oírse un murmullo de voces. ¡Eran muchas! Hablaban muy deprisa, todas a la vez. Era imposible entender lo que decían. Cale recordó las voces que había oído cuando estaba en el túnel. ¡Sonaban exactamente igual!

—¿Qu-quién a-anda ahí? —tartamudeó Casi escondiéndose detrás de su dragón.

CAPÍTULO 7

Voces en la cueva

Las voces fueron haciéndose cada vez más fuertes y retumbaban en las paredes de la gran caverna. Cale y sus amigos miraban hacia todos los lados buscando a alguien, pero no conseguían ver absolutamente nada. El sonido se hacía ensordecedor. Casi se tapó los oídos con las manos. Estaba muy asustado. ¿Quiénes eran? ¿Dónde estaban?

Arco sacó su tirachinas, lo cargó con una piedra que llevaba en el bolsillo y tiró de la goma elástica, listo para dispararlo. Pegó su espalda a la de Mayo y ambos empezaron a dar vueltas, en posición de alerta.

Cale estaba aturdido. ¡Las voces se le clavaban en los oídos como cuchillos! Observó los montones de paja. Le pareció que venían de ahí. ¿Habría seres diminutos escondidos? ¿Serían peligrosos?

—Creo que las voces salen de la paja —le dijo a sus amigos. Se acercó temerosamente. Estiró una mano temblorosa y la acercó.

—¡No metas la mano ahí! —gritó Casi—. ¡No sabes lo que hay!

Cale la retiró inmediatamente. Pero las voces venían claramente de ahí y tenía que averiguar de quién eran. Estiró el pie y con la punta de su bota apartó la paja amarilla. De pronto, dejó al descubierto algo que nunca se hubiera imaginado.

¡Libros!

¡Había decenas de libros escondidos entre la paja amarilla! Uno de ellos, un libro

de tapas verdes con letras blancas, empezó a gritar:

¡Aquí, aquí! ¡Ayuda! ¡Sacadnos de aquí!

¡Eran libros parlantes, igual que Rídel!

Los libros hablaban sin cesar y sus palabras fueron haciéndose más claras.

Cale notó que el latido de Rídel era mucho más fuerte que antes. Lo miró. El libro brillaba con una intensidad cegadora.

—¡Son libros parlantes! —les dijo a sus amigos que le miraban desde una distancia prudencial—. ¡Hay muchísimos!

Arco y Mayo se acercaron. Se agacharon y empezaron a apartar la paja con las dos manos. Casi se quedó atrás observando con los ojos muy abiertos.

Encontraron libros gruesos y finos, de tapas rojas, verdes, azules y amarillas. Algunos eran muy viejos y tenían las páginas amarillentas, otros, sin embargo, parecía que acababan de imprimirlos. Los libros hablaban sin parar. Les pedían que los ayudaran, que los sacaran de aquella gruta.

—¿Qué vamos a hacer? —preguntó Mayo.

—¡Sacarlos de aquí! —decidió Cale.

—¿No deberíamos hablar antes con ellos? —preguntó Arco—. A lo mejor nos cuentan cómo llegaron hasta aquí o algo.

—Ahora no tenemos tiempo para conversaciones —dijo Cale—. Será mejor que nos los llevemos y cuando estemos fuera ya nos enteraremos de sus secretos.

—Pero estos libros son de alguien —dijo Casi que seguía sin atreverse a acercarse demasiado—. No podemos robarlos así sin más.

—¡Casi! —protestó Cale—. ¿Es que no los oyes? ¡Nos están pidiendo ayuda y Rídel les dijo que hablaran con nosotros!

Cale miró a Mondragó que se había acercado con curiosidad a olfatear los nuevos hallazgos. Al ver a su dragón, se le ocurrió una idea.

—¡Vamos a cargarlos en el mondramóvil! —dijo Cale cogiendo las riendas de Mondragó y acercándolo hasta los montones de paja.

—Buena idea —dijo Mayo.

Casi venció sus miedos y por fin se acercó. Entre los cuatro empezaron a meter los libros con mucho cuidado en el mondramóvil. ¡Debía de haber por lo menos cincuenta o sesenta!

Arco agarró uno muy fino e intentó abrir la portada.

—¡Ji, ji, ji! ¡Para! ¡Me haces cosquillas! ¡Ji ji ji! —dijo el libro.

—Ay, perdón —contestó Arco sorprendido y lo depositó en el mondramóvil.

Cuando por fin consiguieron meter el último, Mayo se aseguró de que no quedara ninguno escondido entre la paja y apremió:

—¡Bueno, ya están todos! ¡Salgamos de aquí!

Pero Cale no se movió. Se quedó observando el árbol seco que descansaba en el centro de la cueva. Estaba convencido de que esa semilla no era normal. Volvió a consultar con Rídel. Abrió el libro y Cale se quedó mirando sus páginas en blanco.

—Rídel, dime, ¿es esa la semilla que falta? —preguntó Cale.

Esta vez, en sus páginas apareció una imagen: un árbol de ramas retorcidas y repletas de hojas verdes. De una de sus ramas colgaba un fruto con espinas. Era exactamente igual que el árbol que tenían delante, solo que este estaba seco. Rídel carraspeó una vez más y dijo:

El arbopán ha esperado
para dar su última fruta.
Debes coger la semilla
y salir pronto de esta gruta.

—¡Lo sabía! —dijo Cale—. ¡Es la cuarta semilla!

Se acercó hasta el árbol pisando por encima de la paja. Estiró la mano y rodeó con los dedos la semilla brillante. Sus espinas eran muy afiladas. Con mucho cuidado, tiró de ella. La semilla se desprendió. ¡Ya la tenía! Cale se la mostró orgulloso a sus amigos. Se acercó a Casi y le pidió que la metiera en una de las alforjas de Chico. Pero de repente, mientras Casi la guardaba, el suelo de la caverna tembló.

BRRRRUM

—¿Qu-qué ha sido eso? —balbuceó Casi.

—¡Un desprendimiento! —gritó Arco—. ¡La cueva se va a derrumbar!

De pronto, el arbopán empezó a cambiar. Sus ramas temblaron. Su tronco seco y marrón adquirió una tonalidad gris. El árbol se convirtió en cenizas y se desmoronó. En el suelo apenas quedaban sus restos: un montón de polvo gris.

—¡Oh, no! —exclamó Cale—. ¡Se ha deshecho!

Los chicos observaban boquiabiertos las cenizas del árbol cuando oyeron otro ruido que provenía de uno de los túneles. Esta vez no era un temblor de tierra. Era el sonido de una puerta que se abría con fuerza seguido de un gran rugido.

Los libros que estaban en el mondramóvil empezaron a gritar:

¡QUE VIENE! ¡QUE VIENE!
¡El verdugo!

CAPÍTULO 8

El verdugo

—*¡Salgamos de aquí!* ¡Rápido! —gritó Mayo subiéndose a su dragona Bruma y dándole un toque de talones para que alzara el vuelo.

Arco y Casi también se subieron a sus dragones y agitaron con fuerza las riendas.

Cale se acercó a Mondragó, cogió las riendas y empezó a tirar de ellas.

—¡Venga, Mondragó! —apremió.

Pero Mondragó no se movió. Se había acercado a las cenizas del árbol y las estaba olisqueando con curiosidad.

—¡QUE VIENE! ¡QUE VIENE! —seguían gritando los libros desde el mondramóvil.

—¡Mondragó! ¡Muévete! —le rogó Cale.

El suelo de la caverna volvió a temblar.

BRRRRUM

—¡Cale, tira de él! —gritó Mayo alarmada.

—¡Eso es lo que estoy intentando! —contestó Cale.

El dragón se resistía a moverse. Quería investigar qué había pasado con el árbol. Bajó la nariz, aspiró profundamente y se le metió un montón de ceniza por los ollares. De pronto, echó la cabeza hacia atrás, apretó la boca y….

¡ACHÚS!

Soltó un enorme estornudo y una llamarada le salió por la nariz.

¡La llama cayó en la paja seca y prendió fuego! En unos segundos, aparecieron unas altas llamas rojas. Muy pronto el fuego se extendió y toda la paja empezó a arder.

Mondragó se asustó al ver el fuego que él mismo había originado. Retrocedió unos pasos y salió disparado hacia Flecha, Chico y Bruma, que estaban ya preparados para meterse por el túnel por donde habían entrado unos momentos antes.

El rugido sonaba cada vez más cerca. ¡Se estaba acercando por el túnel!

¡El suelo y las paredes de la caverna volvieron a temblar!

Cale fue corriendo detrás de Mondragó y se agarró a la parte de atrás del mondramóvil con una mano. Movía las piernas a toda velocidad mientras el dragón seguía a sus amigos por el túnel de salida. Con un gran esfuerzo, Cale se dio impulso y consiguió subirse. Avanzó por encima de los libros y se agarró a las riendas.

—¡CORRE! —gritó Cale agitándolas.

Las llamas se extendieron rápidamente. Muy pronto la cueva se convirtió en una gran bola de fuego rojo y el aire se llenó de humo. El calor era insoportable.

Los cuatro amigos huían con sus dragones por el túnel, pero el humo se les metía en la boca y en los ojos, haciéndoles toser.

Apenas podían ver nada. Si no conseguían salir de allí cuanto antes morirían asfixiados o quemados.

—¡Más rápido! —gritaba Cale mientras se tapaba la boca y la nariz con la camisa. Se giró hacia atrás y le pareció distinguir entre el humo la silueta de un dragón gigante y un hombre encapuchado. Por suerte, las llamas se elevaban hasta el techo de la cueva formando una barrera infranqueable.

Después de una carrera desesperada, por fin divisaron el final del túnel. La luz del sol brillaba con fuerza en el exterior.

—¡Vamos! —gritó Mayo—. ¡Ahí está la salida!

Cale, Arco, Mayo y Casi salieron por la boca de la cueva con sus dragones. En cuanto pisaron la fresca hierba, tomaron una gran bocanada de aire. ¡Lo habían conseguido! Pero no podían detenerse. Debían continuar su huida para alejarse lo más posible del diabólico verdugo.

Cale respiró con fuerza. Se alegraba mucho de haber salido de aquel peligroso infierno. Miró hacia atrás. Junto a la entrada a la inmensa gruta vio el cartel que le habían comentado sus amigos. De la cueva ahora salía un humo negro y espeso. Sintió otro temblor de tierra. ¿Se desmoronarían las cuevas y el verdugo moriría aplastado?

No podía quedarse a comprobarlo.

Mientras seguían huyendo a toda velocidad, se oyó el ruido de unas cornetas en la distancia.

TURURÍ TURURÍ

¡Era el aviso de que había un incendio!

¡Alguien había dado la alarma!

¿Pero quién?

Cale miró hacia el cielo y vio al equipo de rescate de Samaradó; unos valientes guerreros que llevaban con sus dragones unos inmensos contenedores llenos de agua. Pronto apagarían el fuego.

En el cielo también aparecieron los padres de Cale que iban hacia las cuevas invernadero en sus dragones Kudo y Karma. Detrás de ellos volaba Antón, el dragonero del pueblo, a lomos de su dragón de dos cabezas.

«Espero que miren en las mazmorras y puedan rescatar a Curiel», pensó Cale.

CAPÍTULO 9

Misión cumplida

Cale y sus amigos siguieron huyendo sin detenerse hasta dejar atrás las cuevas invernadero. El sol calentaba con fuerza y se notaba que los dragones empezaban a estar muy cansados. Chico movía las alas lentamente, volando a ras del suelo. Bruma, la dragona obediente de Mayo, iba un poco más arriba pero ya no se movía a la misma velocidad. Flecha intentaba mantenerse en el aire con mucho esfuerzo.

Mondragó dejó de galopar para pasar a un trote pesado. Arrastraba las patas. Le costaba trabajo tirar del mondramóvil con Cale y los libros encima.

Los libros no habían vuelto a decir ni una palabra desde que salieron de la cueva. En el cielo seguían volando dragones que acudían a apagar el incendio.

Cale vio una pequeña arboleda y llamó a sus amigos.

—Ya estamos bastante lejos —dijo—. Será mejor que nos paremos a descansar.

Uno a uno, se adentraron entre los árboles y los dragones fueron tomando tierra.

—¡Eso ha estado genial! —dijo Arco que siempre disfrutaba de una buena aventura—. ¿Habéis visto esas llamas? ¡Qué pasada!

—No sé, Arco —dijo Mayo pensativa—. Las cosas se están complicando demasiado. Curiel está enfermo, tenemos un montón de libros que no sabemos de dónde han salido ni de quién son, y en la cueva hay un incendio que si no consiguen extinguir, se extenderá rápidamente por todo el pueblo.

—Pero hemos conseguido lo que estábamos buscando y estamos mucho más cerca de terminar nuestra misión, Mayo —dijo Cale—. Ahora debemos esconder la cuarta semilla... y los libros.

—¿Dónde vamos a meterlos? —preguntó Arco—. Con el escándalo que montan no podemos dejarlos en cualquier sitio.

Cale se acercó al mondramóvil y cogió a Rídel. A lo mejor el libro les daría alguna idea. Abrió la tapa y observó sus páginas que volvían a despedir un brillo verde intenso. En medio de la página apareció la imagen de cuatro semillas: una roja, una azul, una dorada y la semilla verde con espinas que acababan de recuperar.

Rídel carraspeó una vez más y habló.

Los libros guardan silencio
con gente desconocida.
Os esperan dos semillas
en un lugar escondidas.

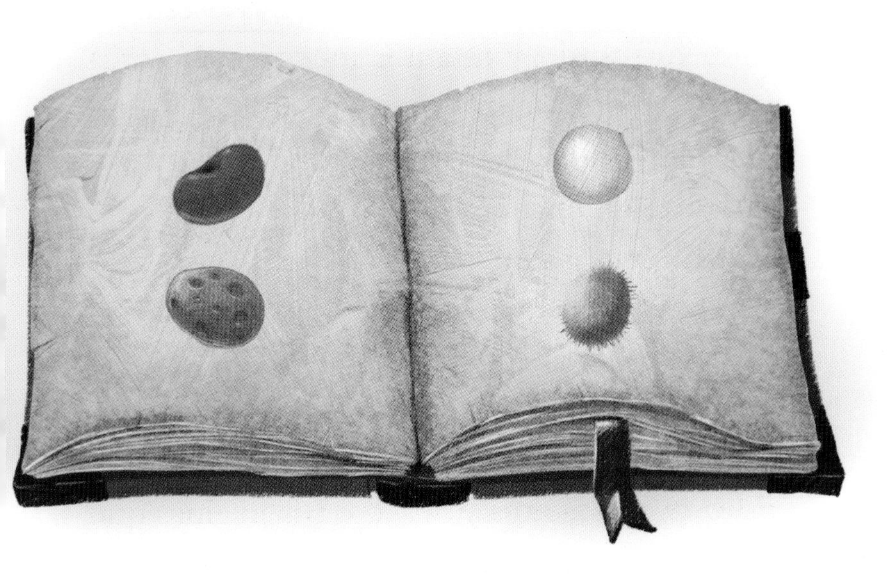

—¿Habéis oído eso? —preguntó Cale—. ¡Los libros no nos delatarán! ¡Debemos esconderlos cuanto antes y salir en busca de las siguientes semillas!

—Sí, pero ¿dónde los metemos? ¡Son muchos! —dijo Arco.

—¡En la biblioteca de mi padre! —sugirió Cale—. Allí hay tantos libros que nadie se dará cuenta de que hemos metido algunos más. ¡Vamos! ¡Tenemos que aprovechar que mis padres no están! Una vez allí podremos hablar con ellos y a lo mejor nos cuentan quién es el verdugo.

Casi, Arco y Mayo asintieron. Y así salieron los cuatro amigos con sus dragones en dirección al castillo de Cale.

Habían conseguido cuatro de las seis semillas. Para salvar el Bosque de la Niebla todavía debían encontrar las dos que faltaban y sembrarlas en una noche de plenilunio. Solo les quedaban dos días.

Arco, Casi y Mayo alzaron el vuelo con sus dragones. Cale los siguió detrás con Mondragó.

Mientras avanzaban a toda velocidad por los caminos de Samaradó, Cale se quedó pensando en todo lo que había sucedido ese día.

¿Quién era el verdugo encapuchado que había visto entre las llamas?

¿Les habría visto él también?

¿Conseguirían los ciudadanos del pueblo apagar el fuego?

¿Iría alguien a sacar a Curiel de las mazmorras?

¿Dónde estaría la siguiente semilla?

Muy pronto descubrirán eso y mucho más.